KB261921

이문희李文熙 대주교

1935년 대구에서 출생, 경북고와 경북대
정치학과를 거쳐 프랑스 리옹신학대학
철학과와 파리가톨릭대 신학부를 졸업했다.
1965년 사제 서품, 1972년 주교 서품,
1986년에는 대주교(천주교대구대교구 교구장)가
되었으며(2007년 은퇴), 한국천주교주교회의 의장,
선목학원 이사장 등을 역임했다.
1990년 시집 『일기』를 냈으며,
『밝은 날이 다가온다고 누가 알려 줍니까』,
『하느님의 사람들』, 『한 묶음인 세 개의 장미화관』,
『사랑으로 부르는 평화의 노래』, 『형제 여러분』,
『저녁노을에 햇빛이』 등의 저서와 다수의
번역서를 낸 바 있다.

아득한 여로

이문희 시집

문학세계사

길을 가다가 아름다운 풍경을 만나게 되면 사진에 담아놓고 싶은 충동을 느낍니다. 그런 것을 가끔 꺼내어보다가 나와 같은 사람에게 보이고 싶을 때가 있습니다.

오늘 이 책을 보내면서 시집보낸 딸을 생각하는 아버지의 마음을 알 것 같습니다. 부디 말없이 살아주기 바라고 어디서나 맑은 사랑을 전하기 바랄 뿐입니다.

2009년 성모성월에

이 문 희

이문희 시집 ——————————

| 차 례 |

머리말 _____ 3
자화상 _____ 11

I
여로

L' Alps d' Huez _____ 15
그리움 7 _____ 16
첫사랑 _____ 17
여로 1 _____ 19
귀로 _____ 20
비앙카 _____ 21
어머니 16 _____ 22
아버지 1 _____ 23
아버지 2 _____ 24

II
산에서

산에서 1 _____ 27

바람소리 _____ 28

낙엽 2 _____ 29

달빛 _____ 31

햇빛 _____ 32

허상과 실상 _____ 34

산에서 2 _____ 36

사육제 _____ 38

 III
기도

하느님 오소서 _____ 41

새벽 3 _____ 43

성토요일 오후 _____ 44

거울 2 _____ 46

비 오는 밤 _____ 47

성체조배 _____ 48

애인 _____ 49

기도 1 _____ 50

기도 4 _____ 51

기도 5 _____ 52

귀향 _____ 53

다시 역에서 _____ 54

사랑하는 사람에게 _____ 55

IV
설악산 가는 길에

설악산 가는 길에 _____ 59

단풍 2 _____ 60

초겨울 _____ 61

꽃꽂이 _____ 62

회귀 _____ 63

추석날 아침 _____ 64

새싹 _____ 65

V
파도가 닿는 곳에서

파도가 닿는 곳에서 _____ 69

바닷가에서 1 _____ 70

바닷가에서 4 _____ 71

북해도 여행 _____ 72

구름 _____ 74

그리움 8-1 _____ 76

그리움 8-2 _____ 77

그리움 8-3 _____ 78

여로 3 _____ 79

물새 _____ 81

모기 _____ 82

VI
예수 그리스도

천당 2 _____ 85

천당 3 _____ 86

천당 4 _____ 87

원죄 _____ 89

구세주 1 _____ 91

예수 1 _____ 92

예수 2 _____ 93

예수 3 _____ 94

예수 4 _____ 95

내 살을 먹어라 _____ 96

성체 _____ 98

□ 해설 | 이태수

그지없는 사랑의 시학 _____ 101

자화상

나는 눈을 잘 감는다. 잘 뜨지 못한다.
눈이 작아서 뜨고 있어도
서양 아이들은 날더러 눈을 떠보라며 답답해했다.
둥글게 뜨지 못하는 눈으로도 나는 다 보고 있지만
크게 뜰 수 있는 눈이 있었더라면
더 보았을는지도 모른다.

나는 한쪽 어깨가 처졌다.
따라서 한쪽은 올라갔다고 하겠지만
실은 두 쪽 다 같이 올라가지 못하고
두 쪽 다 처지지 못한 것이다.
나는 어깨도 하나 바르지 못한
비뚤어진 사람이다.

나는 어릴 때 배가 불룩 나온 어른을 보고
보기 흉해 그렇게 되지 않으리라 했었는데
지금 내 모양은
그때 그 어른과 같아지고 말았다.
그런데도 자꾸 무엇을 먹고
나온 배를 옷으로 가리고 있다.

나는 한쪽 다리를 약간 드는 버릇이 있다.
떠날 준비를 그렇게 하는 것도 아닌데
또 학을 닮으려는 생각은 아예 없는데
두 다리로 버티고 설 일이 없는 것이다.
땅을 밟고 서기는 쑥스럽다. 차라리
땅을 안고 눕고 싶을 뿐이다.

나도 분명 한 사람인데
이렇게도 갖추지 못한 것이 많다.
살수록 일그러지는 내 모습을 보며
지금이라도 자화상을 그려야 한다.
더 늦기 전에
나도 한 사람이었음을 그려놓아야 한다.

I

여로

L' Alps d' Huez
—— 알프스의 스키장 마을

알프스의 밤
달빛에
산등성이를 덮은 눈〔雪〕이
푸르다

사슴같이
서성대며
한밤에
고향 길을 걷는다

프랑스 아이들은
저희들처럼
나도 스키 꿈을 꾸며
신명나는 줄 알겠지

찬 겨울 달밤에
고향 땅 오막살이 삽작 앞에 선
그 들짐승 한 마리를
불러보고 싶을 뿐이다

그리움 7

하마터면 부를 뻔한
네 이름
그냥 머금고

먼 들판을
헤매는
마음

숨
있기로
살아나는

잡힐 듯한
그리움
그대로 두고

다시 부르지도 못하는
시간들을 돌려보내고서도
또 하마터면 부를 뻔한 네 이름

첫사랑

가을 낙엽이
마음의 문을 두드린다

둥근 눈동자의
어린 애인이 손짓한다

따라갈 수 없는데도
기쁜 마음

꿈속의 만남보다
더 선명하다

눈을 감고도
바로 보고 있는 것은

변할 줄 모르는
마음

네 웃음을
지금도 보고 있는 것은

참으로 신령한 거울이
전하고 있는 사랑이다

여로 1

사람들은 어둠을 싫어한다. 그래서 불을 밝히는가 보다.

밤에 높은 하늘에서 내려다보면 사람 사는 곳에는 불빛이 있다.

많은 사람이 사는 곳은 불야성을 이룬다.

자세히 보면 하늘의 별빛보다 많은 것 같은 별빛들이 대지에

반짝이고 있지만, 그것은 손바닥만 한 넓이에 불과하다.

어둠의 바다는 불빛을 삼켜버리고 만다. 비행기는 한참을 달려야

다시 작은 불빛을 만나 인사한다.

하늘을 나는 비행기가 서로 반짝이며 인사를 하는데 사람과 사람

가슴 밑바닥에 반짝이는 빛은 없을까?

서로를 보고 함께 환히 웃을 수 있는 빛은 없을까?

땅 위의 은하수를 조금 더 지나가면 서로 만나 포옹하는 불빛은 없을까?

(1996. 3. 로마를 떠나오는 비행기 안에서)

귀로歸路

가을 늦은 오후
멀리서 돌아오는 길
앞차의 아기가
뒤돌아서서 나를 보고 있다

나는 손을 흔들었다
그는 누이와 둘이서
열심히 손을 흔들었다
우리는 계속 손을 흔들었다

한동안 이렇게 함께 왔는데
그 차는 다른 길로 접어들어
나는 손을 더 빨리 흔들었다
계속 손을 흔들며 끝없이 주고받고 싶었다

그러나 앞차의 앞자리에 앉은 부모들은 자기 갈 길을 가
면서
뒤에 앉은 아이들과 그 뒤에 오는 나를 알지 못하였다
나는 잠시 마주친 그 아이들에게 진한 애정을 느끼며
헤어짐을 안고 만남을 찾는 인생을 가고 있는 것이다

(1998. 9.)

비앙카

비앙카는 귀여운 아기
햇빛 따라 어머니 아버지 손잡고 두 발자국 떼며
잔디밭의 포근함에 마냥 웃는, 이 땅에서 솟은 아기

비앙카의 어머니는 시골 처녀, 그가 알고 사랑한
비앙카의 아버지도 특별한 것이라고는 하나도 없는
순박한 농부의 아들, 그 사이에
한 아기 비앙카가 태어났다

둘이서 사랑하다가 셋이서 사랑하게 된 것이다
사랑스런 아기는 그들의 사랑이기 때문에 사랑스럽고
사랑스러울 수밖에 없다

이제 둘이서 걷던 길을 셋이서 걷고
그 작은 발자국마다 솟아나는 사랑을 본다
하느님의 사랑이 사람들에게서
완성되어 드러남을 보는 것이다[1]

(1) et caritas ejus in nobis perfecta est. 요한1서 4, 12
    (그분의 사랑은 우리 안에서 완전해집니다)

어머니 16

먼 길에서 돌아오면
어머니를 찾아뵈었다

어릴 때부터의 버릇이라기보다
세상 효도를 하는 것이었다

말문을 닫고 표정마저 보이시기를 그쳤지만
정을 넘은 만남은 인륜이었다

오늘도 먼 길에서 돌아와
생각은 집으로 어머니를 찾아가는데

어머니는 떠나시고 아니 계시어
가야 할 곳을 찾는 인생이 되었다

아버지 1

내가 아버지를 닮았다는 생각이 문득 든다
실은 어릴 때부터 사람들이 그런 말을 했었다

눈을 감고 이를 드러내며 웃거나
굳은 다리로 뒤뚱거리는 걸음걸이,
흰 머리카락이 떨어지고
방바닥과 밥상 위에
책과 종이, 돋보기를 흩어놓거나
입 다물고 먼 산을 바라보는 버릇,
아마도 말 못하고 숨을 거두는……

오늘 처음 이렇게 아버지 닮은 걸 알고
처음으로 아버지를 사랑한다는 말을 해본다

아버지 2

아버지가 좋아하시는 술을 안 드시는 것을
이상하게 생각했었다
그 뒤 세월이 지나고
아버지는 아무것도 드시지 못하셨다

오늘 문득
아버지가 두 말 술을 거뜬히 드셨다는
옛이야기를 떠올리면서
이제 내가 술을 보고도
마시지 않는 것이 이상하다는 생각이 든다

나도 아버지를 따라 태어나서
아버지처럼 술을 마셨다
또 아버지처럼 이상하게 술 마실 생각 잊은 채
말문을 닫게 될 것인가 보다

II
산에서

산에서 1

산등성이에 오르면
온 마을이 한눈에 들어온다

저녁연기 피어오르고
여기저기 등불이 반짝인다

사람 사는 동네들
그 사이에 채워지는 어둠

오순도순 모닥불도
창으로 갈리어졌다

칠흑 밤이 오면
사람 사는 동네는 하늘에 있고

하늘을 보는 눈동자에
별이 빛날까

바람소리

언젠가는 그치고 말
소리가 지금도 이렇게 시샘하는 것은
바람

어디로 가는지
누구도 그 종말을
알지 못한다

먼 곳으로
마음은
밀리는데

목숨 소리
정적 속에 멈출
바람만 보낸다

낙엽 2

지난 보름달
달을 스치고 간
구름 따라

차가운 밤에
집 나간
생각

불타는 정열에도
떨어진
낙엽

그래서 떠나감이
은총인
사람

달도
구름도
떠나간 사람도

낙엽같이
오늘
내 눈 안에 다시 앉는다

달빛

달빛을 따라
나선 마음은

한없이 멀리만
흘러가는 물여울

바람결에도
무심하던 인생

이제사
가고 있으니

찬란한 햇빛
고인 바다

너무도 충만하여
숨을 그치리

햇빛

소성당小聖堂에 앉아
눈을 뜨니 문득
색유리의 빛이 온통
눈에 와 닿는다

어젯밤에는
질그릇 같았는데
지금은 그 빛이
말할 수 없이 영롱하다

빛이 내게로
모두 뚫고 온다
내 눈을 통하여 네 마음속에
찬란한 색깔을 솟아나게 한다

양지바른 담벼락 아래에서
햇볕 쪼이던
어린 날
햇빛 보려고 눈을 감았다

눈 덮인 산, 나뭇가지 사이로
햇빛이 뻗어오는 걸 가끔 보았다
늦가을 저녁에 지는
한 아름도 넘는 붉은 해를 보았었다

그러나 한낮에,
더구나 나이 먹고는 한 번도
하늘의 해를 볼 엄두도 못 내었는데,
오늘은 성당 안에서 해를 보았다

허상虛像과 실상實像

진달래 핀 언덕
새싹이 푸른 봄으로 들판을 덮는다
차창으로 세상을 넘어다보며
허상과 실상을 가리는 일에
마음을 빼앗긴다

어저께까지도 여상하던 사람이
숨을 거두고 누웠더니
오늘 사도예절을 마지막으로
집을 떠나
산에 묻힌단다

울기만 하던 갓난아기가
웃으며 재롱을 부리다가
어느덧 제 살길을 찾아 떠났다
돌아온 고향에는 백발노인이
산을 쳐다보며 그 조상을 찾는다

달리는 차창 너머로 보이는 것은
변화무상한 세상

개나리 노란 꽃 대신 푸른 잎으로 바뀐
이 자연 가운데 자꾸 실상을 찾는
내 마음속의 실체

기차를 타고 집으로 가며
안개 걷힌
맑은 산
기암절벽을 보고
황홀해한다

길 따라 이어진 돌덩이와 풀포기에
햇빛이 내리고 있음을
똑똑히 바라보며
오늘은 기뻐한다

산에서 2

이 나무들 뒤에
누가 있습니까

이 소나무 뒤에 와 있는 것은
누구인지 알지 못하는데

솔잎에 달린 이슬들이
나를 보고 있습니다

산 너머 멀리
또 산, 그 앞에 앉아서

소나무 끝에 구름을 보며
보름달을 찾습니다

보기 역겨운 인간들을 스치고 지나
눈동자 맑은 아이를 그립니다

솔잎에 이슬이 맺혔습니까
그 이슬이 내 눈에 박혔습니까

멀리 산 너머 앉은 내 모습을
달은 보지도 아니 하고

별들만 깜빡입니다
그것도 저 하늘 끝에서

(2004. 9. 27. 추석 전날 밤, 지리산에서)

사육제

사육제날 저녁
그리운 사람들을 떠올린다
그 생각 속에는
내일이면 새로운 나를 살아야 하는
이별의 미덕이 들어 있어야 한다

그러나 오늘 나는 떠나지 않고 있다
끊어버릴 살〔肉〕도 없이
삼바와 폭죽과 가면이 넘치는 세상에서
팔을 움츠리고 홀로 앉아 있다

내일 더 바뀔 내가 아닌
마지막 나를 떠나보낼 때
단 한 번 멋진 사육제를 치를 것이다

나서고 싶은 마음이 있더라도
오늘은 보고 싶은 마음만 다 모은다
그 마음들을 잿더미에 묻어두고
그런 날을 기다릴 것이다

III
기도

하느님 오소서

작은 성당
제대에 둘러앉아
빵과 포도주가
그리스도의 살과 피가 되어
하느님이 우리에게 오시기를 빈다

밖은 원수들이
우리를 죽이려 하고
우리의 살 길은
구세주 그리스도가 오시어
우리를 구해주는 길밖에 없다면

얼마나 간절히
이 제물들을
마음 모아 바치며
또 얼마나 기쁘게
그리스도의 몸을 받아 모실 것인가

그런데
당장 사자[1]떼가 몰려오지 않고

그대로 사는 것 같으니
오시는 하느님을 모시기보다
생각은 세상을 돌아다니기 바쁘다

(1) 시편 56, 5 참조

새벽 3

어둠이 걷히고
닭이 울 때면
세 번이나 배반한[1]
내 얼굴이 드러날 것이다

아물지 않은
상처 밑바닥
에이는 아픔으로
기다리는

새벽이여
나 대신 울어서
부끄러운 한을 풀고
그대 품에 초라한 나를 보려무나

(1) 요한 13, 38 참조

성토요일 오후

옛날에는
기차를 좋아했다
멀리 어디론가 달려가면
새로운 세상이 나타날 것이기에

만남은 신비로운
기쁨
가서
부딪치고 싶었다

그러나 이젠
새로움도 싫고
신비는 겁나
떠날 마음이 없다

그래도
가야 하는 것
가지 않을 수 없는 것을
나도 알기에

자리를 마련해준다는[1]
그분
따라
나서야 할 따름이 아니겠느냐

거기
처음 보는 신비가 아니라
어머니를 만날 것 같은 예감이
성취되는 기쁨이 있음에

(성토요일 오후)
[1] "내가 가서 여러분을 위해 자리를 마련하면 다시 와서 여
러분을 내게로 데려다가 내가 있는 곳에 여러분도 있게 할
것입니다"(요한 14, 3)

거울 2

갈멜 수녀들에게는
거울이 없단다
그것이
이상할 리 없다

삼십 년 만에
거울을 봤더니
거울 속에는
할머니가 있었단다

그것이
이상할 리 없지만
이상하다고 생각는 것은
변하지 않고 그대로 있는 자기였단다

(1994. 부활 전야)

비 오는 밤

비가 온다
나뭇잎에 닿는 소리가
어머니 숨결같이 조용하다

밤이 비 오는 마음을 둘러싸고
방마다 등잔마다
빗소리 닮은 숨들이 목숨들을 품는다

혼자서 지중해 연안 소도시의
나불거리는 불빛 타고 오는 옛이야기에
귀를 기울인다

젖 먹다가 목덜미 너머로 엄마 얼굴 바라보는
아기같이
성체불 앞에 앉는다

어머니 숨결 따라 잠들려는
아기의 평화를
가슴에 담는다

(몽쁠리에의 객사에서)

성체조배
─ 내 청춘을 즐겁게 하는…

나는 그에게로 가고 싶었다
나를 송두리째 바치고
내가 끝내 없어지고
그이 안에 일치됨을 확인하고 싶었다

밤 어둠 가운데
마주앉은 촛불 안에
어릴 때의
내 얼굴이 떠올랐다

굳어진 몸
안 움직이는
마음속에는 또다시
그에게로 달리는 빛이 흐른다

가고 싶은 것을 젊음이라 했던가
고요한 성체불에 무릎을 꿇고
움직이지 않으면서도 가고 오는 그 먼 길 끝
또 다른 젊음의 희열에 닿는다

(1998. 10. 28. 한티)

애인

꽃잎을 모아
고운 살결 이룬
가슴

닿을 수 없는
손끝은
별

그 빛에
떠는
마음

바라보는
꿈속의
눈길

(1996. 3. 30. 기적의 메달 성당 성모님 앞에서)

기도 1

전에는 앞산 밑 집에 계시던 어머니가
지금은 거기 계시지 않고 천당에 가셨다

어머니가 계시는 곳에 어머니의 어머니가 계시고
어머니의 어머니들, 그래서 모든 이의 어머니를 만나고

하늘에 계신 우리의 아버지도 만나서
평화롭고 정답게 살고 계실 것이다

어머니와 아버지를 생각하는 것처럼 하늘에 계신
우리 아버지를 생각하고

사랑하는 아버지의 음성을 듣고 싶어 나직이 가슴 밑바닥
으로
아버지를 불러보는 것이 아들의 마음이다

기도 4

사랑하는 사람이 말없이도 온 마음을 다 전할 수 있는 것은
서로가 서로의 마음 안에 있기 때문이다

비밀도 다 내어주는 것은
삶을 다 맡긴 때문이다

이익을 좇아 주고받는 장사가 아니라
좋은 것이면 다 주고 손해밖에 남는 것이 없어도

오히려 사랑하는 사람을 다 차지한 듯
가슴 뿌듯한 마음

다만 그 마음속에 빠지고 싶어서
그의 마음으로 옮겨가는 것이다

기도 5

새벽에 노래 소리가 들려왔다
성소 피정 온 여학생들이 모여
기도드리는 소리다

코스모스 핀 들길에
아침 햇살 내리고
맑은 공기가 허파를 씻는 듯한 신선함이
내 안에 스며든다

창공은 시시각각 떠오르는 소리들을
멀리 보내고, 이렇게
아름다운 노래를 솟아나게 한다

들꽃 한 송이, 나부끼는 바람에
미세한 소리로 우주의 대교향악은 이루어질까?
내 숨소리도 노래가 될까?

귀향歸鄕

시골집에 돌아와
흘러버린 세월 때문에
닫힌 문 앞에서 말을 잃는다

기억의 열쇠도 찾을 길 없어
생각도 없이 벽과 마루와
지붕이 있는 집 안에서
혼자 눈을 감는다

체온이 다 날아가 버린
미지의 차가움이 가득한
벽에 등을 대고
심장의 고동을 따라 귀를 연다

다시 역에서

새벽에 차가운 개찰구를 나서면
그때 그 철길의 내음과 마주친다

먼 산골짜기 혹은 바다일까, 하늘일까
고향집, 그 젖가슴은

많은 사람이 소리 없이 사라지고
앙상한 철길만이 먼 곳을 향해

쇳소리 바람을 내고 지나가면
37도 체온을 위해 오늘도 철길을 따라간다

(2004. 1. 3. 라이프치히역에서)

사랑하는 사람에게

나는 사람을 왠지 모르게
가끔은 진실로 사랑한다

좋아하다가 어루만지고 싶고
뽀뽀도 해주고 싶으나
그것은 다 부질없는 짓

마음에 꺼질 불만 지피는 것
잠시 무엇을 얻은 것 같다가 비어버리고
그 다음은 공허만이 절박해지는 것

사랑하는 사람은 영원해야 하고
영원히 평안을 얻어야 한다면
그이 안에 불장난을 일으킬 수야 없지 않은가

사랑은 영원한 것
사랑하는 사람은 영원히 살아야 할 사람
그것을 위해서라면 없어져도 좋지 않은가, 사랑한다면

(2008. 5. 11. 성령강림대축일)

IV

설악산 가는 길에

설악산 가는 길에

흰 머리 퇴색한 살갗이 해어지면
가슴의 빨간 심장이 보일까

흰 눈이 산을 덮을까
파란 하늘 아래 빨강 노랑이 섞이니

빈 마음 가득 채울
가슴 가슴은 단풍이 들까?

단풍 2

봄에 피는 꽃이
새싹의 결실을 자랑하여도
가을 단풍은
삶을 내어놓고 마무리한다

푸르름도 가고
노랑 빨강은 가슴 깊이 묻혔던 것
높은 하늘에 흰 구름이 떠나간다
낙조에 서녘 산이 빛난다

억새 하늘거리는 언덕에서
문득 나는 새를 생각는다
어둠살이 끼인 저녁이라도
활짝 웃는 빨간 얼굴이 보인다

(2006. 11. 1. 북해도에서)

초겨울

삼봉에 구름이 스쳐가던
기억이 푸르다
오늘은 뿌옇게 가려져
있는지도 모른다

마른 나뭇잎이
아직 달려 있는 것은
바람이 몰아치지
않아서인지 모른다

정이 식지 않아서
대지는 연기를 뿜으며
사념을 날리고
있는지도 모른다

담배도 끊은 노인은
이날에서야 어릴 때 빨간 손을
입김으로 녹이고
있는지도 모른다

(2002. 12.)

꽂꽂이

바위 밑에는 흰 눈,
진달래는 봄볕을 반깁니다
나무에 푸르름이 더하면
작은 꽃들이 이슬처럼 맺힙니다

이제 꽃이 늘어서면
곧 가을 하늘은 높푸르고
차가운 바람 스칠지라
잎은 빨갛게 얼굴을 붉힙니다

일 년 사시도 순간이고
동서남북도 내 앞에 펼쳐지는데
꽂꽂이를 한 이는 과연
누구입니까?

제대의 꽃에
나는 안경을 벗고
이승과 저승을
말없이 오가고 있습니다

회귀

어릴 때 논두렁길을 꼬불꼬불 걸었다

달이 밝으면
비행장 활주로가 바다 같아서
그 끝에 앉아 잠이 들었다

통행금지 시간에도
마을 골목길은 마당같이 넓었다
혼자서 걸으면서도
하염없는 이야기가 골목길처럼 길었다

겨울밤, 인적이 끊기고 찬 신작로新作路
가로수에 손을 대고
별을 보고 웃었는데

오늘은 자정이 지난 시간에
불 꺼진 침상에서
쥐나고 차가운 발 잡고 입을 다문다

다시 꼬불꼬불
논두렁길 걸을 때를 기다린다

추석날 아침

추석날 아침, 해가 뜰 때
공동묘지에 갔다

놀랍게도 많은 사람이 묘지 앞에서
죽은 사람도 들을 수 있게
세상 이야기들을 하고 있다

여기저기 묘비를 보며
죽어간 사람들을 생각하고
사람은 세상을 떠나간다는 생각을 한다

얼마 후에는 나도 떠날 거지만
오늘은 들국화를 꺾고
저녁에는 보름달을 볼 것이다

(2006. 10. 6. 추석)

새싹

이제 시작하는 봄,
어린 살색이 바람에 흔들린다

큰 나뭇가지 끝마다
안온한 생명이 솟아오른다

왜 이렇게도 귀여운가
오늘따라 입맞추고 싶은 새싹

평생 처음 새싹을 보고 반해서
가슴 밑바닥이 떨린다

(2007. 5. 9. 노보리베츠에서)

V

파도가 닿는 곳에서

파도가 닿는 곳에서

파도 소리에
문을 열고
아무도 없는
바다를 본다

그 멀리
모래밭에 성을 쌓던
아이는
사라지고

스쳐간 마음들이
소리치는 바다 끝에
홀로 서 있는
나를 본다

(Cape of Cod, 1996. 11.)

바닷가에서 1

닥쳐오는 파도가
작은 모래밭을 넘지 못한다

밀려나면서 치는 소리
내 심장에 고동을 만든다

백사장 한쪽에 서 있는
풀포기가 외로운 것은

하늘 저 끝도
바다와 같이 끝이 없기 때문

바람에
땅까지 밀려가는 바닷가

오늘은
여기서 파도를 안고 싶다

(2006. 6. 1. 망양 사장에서)

바닷가에서 4

해는 바다 위에 있어야 하는데
저녁 해는 바다 끝으로 내려간다

왜 하필 서쪽 바다 서쪽 창가에
나는 앉아 있는가

먼지로 얼룩진 유리창 너머
나를 보는 햇볕은
붉은 황혼으로 나를 위로하는가

마침내 유리창도, 세상도
칠흑으로 덮이고, 홀로 떨어져서
서쪽 창 너머 별이나 볼까

(2006. 4. 27. 변산에서)

북해도 여행

단풍이 아름다운 산,
약수 넉넉한 온천이 있다

사방에 바다가 넓고
산해진미가 가득한데

여객은 머무르지 않고
떠나가기만 하니 이 어인 일인가

사람이 자연 속에
귀의하고 조화된다 해도

끊을 수 없는 상념,
파도 소리에 심장의 고동을 듣고

눈 감고서도 바라보는
눈동자가 아니던가

어미와 자식, 애인과 부부가 아닌 강도와 창녀가 사는 세
상이

종일토록 파도만 치는 바다보다 가까운 것

칠흑 창밖에 보이는 것은 없고
객차 안에서 꿈은 고향으로 가는데

맑은 눈에 사랑이 흐르는 그 사람을 찾아가
오늘이라사 꼭 안고 하나가 되리

(2005. 10. 26. 북해도 북단 와까나이에서)

구름

구름아 너는
또 가는구나

거기로 거기로
그렇게 떠돌아 가기만 하면

아무도 너와
같이할 사람이 없지

오늘은 구름이
높이 떴는데

가냘픈 매화 같기도 하고
개울의 잔잔한 물여울 같기도 하고

높아서 작아 보이는가
멀어서 움직이지도 않는가

구름은 그러나
햇빛을 가려야 하지

어둡게 내려앉아
굵은 비를 뿌려야 하지

그럴 때는 비안개 되고
그렇지도 못할 바에야 떠나야 하지, 구름아, 구름아

(2007. 4. 24.)

그리움 8-1

나는 혼자 산다. 그러나 내가 사는 집에는 방이 많다. 그래서 빌려주었다. 한집에 사는 사람은 수녀들이다. 아침 일찍 수녀원으로 가서 저녁 늦게 돌아와 잠만 잔다. 그래서 한집에 살아도 함께 사는 사람들이 아니다.

서로 전할 말이 있어도 작은 흑판에 글을 써놓는다. 편지를 하는 것이다. 그러나 별개의 남이 같은 집에서 잠만 잔다는 생각은 들지 않는다. 누구도 그런 생각은 하지 않을 것이다. 그것이 이상한 일이다. 한집에 여러 가구가 세들어 사는 사람들이 그들도 나 모양 우리 모양으로 마음이 함께한다고 생각할까?

다시 모두 영영 수녀원으로 올라갔다. 다름없이 아침 일찍 올라갔다. 가면서 흑판에 같이 살아서 좋았고 감사하다는 말을 적어두었다. 그 말을 읽고 그 자리에 대답을 쓰려고 하는데…… 오늘은 멍하니 분필을 들고, '갔구나 떠나갔구나' 하고 마음속으로 중얼거리기만 한다.

그리움 8-2

사람은 집에서 산다
집을 떠나서도 집을 갖는다

집에서 함께 살아도 혼자일 수 있고
같은 집에 살아도 남일 수가 있다

떨어져 살아도 하나일 수 있고
각각 홀로 살아도 함께일 수가 있다

좌측으로 보면 바로 옆일 수가 있어도 그 자리에서
우측으로 돌면 세상을 한 바퀴 돌아야 만난다

방향이 같아야 이웃이 될 수 있고
언젠가 한집에 닿을 수 있다

그러나 사람은 떠나갈 수 있고 떠나서도 함께 살아서
늘 함께 사는 사람과 하나가 되고 있으니

(2007. 9. 1.)

그리움 8-3

집을 나선다
모르는 도시 작은 여관에 방을 정한다
찾아가면 거기 내 방이 있다

방을 얻지 못하고 산 저녁들이 있었다
그러나 결국 어느 방에선가 자리를 폈다
불안하고 외로운 밤이었다

이제 어디로 가나 방을 예약한다
그러나 아무도 없는 데는 가기가 싫다
그런데도 누가 있는지도 모르는
그곳으로 나는 가고 있지 않으냐

여로 3

구름을 거쳐 먼 땅에 오니
알 듯도 한 마을들,

지금은 모든 것이 새롭구나
나그네는 이방인일 뿐

아름다운 일몰을 보지 못하고도
시가지로 이끄는 전등만 무심히 본다

고가도는 비어 있어도
누구를 만날 기약은 없다

다만 여기 왔고
오늘은 여기서 밤을 지낼 것이다

그런데 어찌하며
먼 땅의 내 님을 생각하지 않겠는가

여기 밤은 나만 남기고
암흑이 이 이국을 소멸시킬지도 모르는데

저녁노을도 보지 못하고
홀로 어둠에 묻힐 수도 있는 이 도시에서

(2007. 11. 13. 동경)

물새

바닷가에
물새 한 마리가 앉아 있다

사람들은 저마다 물새라고 부르나
실은 그 본시 이름을 알지 못한다

세상 곳곳 바다가 닿은 육지마다
물새가 앉으면 달리 불린다

인간들은 같은데 말은 다르니
그 본이름을 아는 사람이 없다

그래도 날아와 앉아보는 것은
또 다른 허공을 향해 날아가기 위한 게 아닌가

바른 이름으로 불러줄 사람을 만나
조용히 쳐다보고 싶은 마음이
너의 날개 안에 숨어 있는 것이지

모기

무더운 여름밤
모기 한 마리가
내 육중한 몸을 마구 뒤틀게 한다

자다가 일어나서
모기약과 파리채를 찾았다
모기 한 마리에 비하면 중무장이다

세상 일이 어디 마음대로 되던가?
모기 한 마리 때문에 쩔쩔매는
나를 보고 내가 웃는다

세상의 악도 이렇고, 내 죄도 이럴까?
한밤의 모기 경고에
나는 정좌를 한다

VI

예수 그리스도

천당 2

누구와도 말 한 마디 해볼 사람이 없는 사람이
길 가는 사람을 잡고서라도 이야기를 하고팠다

그러나 아무도 그 마음을 알지 못하기에
모두 다 외면하고 지나가버렸다

외로움에 시달리는 또 한 사람이 이 사람에게 말을 건다면
아마 둘이서는 온갖 이야기로 날을 새우지 않을까

말을 건 사람보다 말할 사람을 찾던 그 사람이
더욱 열성을 내어 이야기할 것이다

두 사람은 외롭지 않게 되고, 그것이 사실이라면
또한 아무도 외롭게 되지 않을 것이다

천당 3

흥겨운 무도곡이 흘러나오고 불빛 환한
웃음 짓는 얼굴들이 모여 있는 곳

모든 일이 다 해결되고 아무것에도 더
마음 아니 써도 되는, 넘치는 사랑에 흐뭇한 사람들

한 사람 한 사람이 진심으로
서로 사랑하는 순간들밖에 없는 영원에 잠겨

그 많은 사랑으로 벅찬 가슴은
정지하고도 계속 같은 기쁨에 차고

무수한 그 얼굴들, 그 웃음들은 빛나서
그저 환한 밝음이 있을 뿐

그 가운데 나도 사랑한 사람에게
환한 웃음이 되리

실로 내가 웃음이 될 수 있는 것은 없지만
그래도 날 보고 좋아할 사람들이 웃음 지을 것이니

천당 4

그곳에 나를 반길 사람이 있을까?
내게서 얻을 아무것도 없고, 이미
내 죄를 다 아는 사람들이
나를 본 척이나 하겠는가?

그러나 나를 기다릴 사람이 있고
우리 어머니 아버지 또 할머니
할아버지와 나를 사랑해주던 분들이
나를 보고 기뻐하실 것 아닌가.

천당에서는
육신의 제약을 벗어버린, 자유로운 인식이 있고
세상에서는 가려 모를 과거들도 현재가 되는데
어찌 사랑하는 그들이 나를 모르랴!

조그마한 일들 참으로 옷깃을 스친 미세한 고마움도
있는 일이기로 기억되고 드러난다면
내게도 고마워할 사람이 있지 않을까? 아주 작은 일로라도
고마웠다는 눈짓 한 번이라도 해줄 이 있지 않겠는가!

실로 내가 알고 모르는 많은 사람들이

나를 반겨주고 고마워한다면 나는 또 얼마나 흐뭇하겠
는가!

이 세상이 끝나고 저 세상에서 나를 반겨줄 사람이 있다
면,

모두가 하나같이 나를 사랑해준다면,

원죄

처음 이 세상에 사람의 자식으로 태어난 카인은
그 아우 아벨을 죽였다.

그것은 자기의 제물보다 아벨의 것을 야훼께서 반기시므로
야훼의 마음을 차지하는 길로 아벨을 없앤 것이었다.

이기심으로 세상을 재고, 하느님까지
그렇게 마음대로 처리하는 편리한 수를 찾은 것이다.

죽음은 죄로 인하고
죄는 그 원인이 남에게 있다면
사랑으로 남을 포용하지 않는 한 남은 남으로 남아서
죄는 나를 공격해오고 죽음은 일어날 것이 아닌가?

"네 아우 아벨이 어디 있느냐?"
"제가 아우를 지키는 사람입니까" (창세 4, 9)
금단의 열매를 따먹은 아담도 하와에게 또 하와는 뱀에게
그 책임을 돌리지 않았더냐!

남이 있고, 남에게 돌리는 한

나는 편해지고, 그래서 사람들은 지금도 그렇게 하는데
그러나 모든 남들의 책임이 내게 오는 것을
바로 알지 못하는 우둔함이 우리 모두에게 있으니……

구세주 1

하느님은 진흙으로 사람을 만드실 때
코에 입김을 불어넣으셨고, 그때부터
사람은 하느님의 입김을 숨쉬며 살고 있는데

사람이 만든 오염은 세상을 질식케 해가고
이미 가스실(1)을 만들어
숨을 그치도록 하지 않았느냐!

하느님의 입김을 어디서 또 얻을까?
살 길이 없는가? 시원하게 한 번 들이켜면
다시는 숨막히지 않는 입김을 마음껏 숨쉬도록
갖다 줄 이가 나타나지 않을 것인가?

(1) 나치의 가스실과 체르노빌의 핵 오염 등

예수 1

아기가 태어났다
새 생명이 살기 시작한다
생명은 살아야 하고
삶은 그침이 없어야 한다

삶을 참으로 살아가기 위해서는
사랑이 있어야 하고
사랑이 마르지 않기 위해서는
큰 사랑이 부어져야 한다

한없는 사랑이 주어지기 위해서는
한없는 삶이 있어야 하고
그래서 영원한 생명이신 하느님이
'멸망의 운명' (1) 안에 들어오신 것이다

(1) 요한 17, 12

예수 2

한 아기가 태어났다
누구와도 닮은 아기가
누구보다도 가난하게
포대기에 싸여 말구유에 뉘어졌다

'하느님의 아들' 아기의 어머니는 시골 처녀,
마리아의 아들은
아버지 안에서 온전히 사는 아들이기 위해서는
죽음으로 스스로를 아버지께 바쳐야 했다

자신을 세상 사람들에게 넘기고
그의 몸과 한 몸이 되는 사람을
아버지 안에 함께 살게 하기 위하여
그의 몸을 나누어준 아들 중의 아들이다

예수 3

예수는 십자가를 지셨다.
동서남북 상하좌우 뻗어나는 사랑이 있고
모든 것에서부터 가슴 죄는 악이 모여드는
그 한가운데에 존재하신다.

자신을 제물로
온전히 바치심은
자신을 온전히 바칠 수 없는 사람을 대신하여
앞장서 바치신 것이다.

남을 위하여 목숨을 바치는 길을 사람에게 주심으로
그를 따라 죽고 부활하는 삶을 살도록
새로 나게 하신다. 우리도 팔을 벌리면
십자가의 모양을 할 수 있는 예수와 닮은 사람이 아닌가?

예수 4

죄인과도 밥을 함께 먹은 예수는
제자들과 뜻 깊은 만찬을 나누었다

마지막인 줄 아는 스승은
제자들을 발을 씻겼다

그 제자가 팔아넘긴
스승은 십자가를 지고 창에 찔린다

그는 그의 살과 피를 사람들에게 나누어주고
영생의 밥이 되게 한다

죽음에서 부활하여 세상 모든 사람에게
날마다 밥상을 차려 그의 몸을 내어준다

내 살을 먹어라

누가 배고파 우는 아들을 모른 체할 것인가.
눈에 보이는 무엇이라도 먹고 살 것이라면 집어줄 것이
아니냐.

내 피라도 먹고 살 수 있다면, 내 살이라도 먹고 살 수 있
다면
주어서 살려야 하지 않겠느냐.

누구든지 마지막 줄 것은 자신밖에 없다.
'내가 줄 빵은 곧 나의 살이다' (요한 6, 51)

만나를 먹고도 죽었는데
먹으면 죽지 않고 살 빵이 어디 있으랴마는,

예수는 스스로 '살아 있는 빵'
그의 몸을 먹는 사람은 영원히 산다고 하신다.

부활하여 그는 죽지 않고, 지금 우리를
함께 '내 안에 살 것' 이라 하셨으니 (요한 6, 56-57)

‘이 사람이 어떻게 자기 살을 우리에게 먹으라고
내어줄 수 있단 말인가’ (요한 6, 52)

주더라도 한두 사람, 아니 오천 명에게나 줄 수 있을까.
그는 이제 자유로이 모든 사람에게 내어주고도 남으니

내어준 그를 받아먹고 그와 함께 산다는 것은
내 몸을 남에게 내어주는 것이 아니냐.

성체(그리스도의 몸)

빵을 떼어 나누어 주듯이
자신을 떼어 나누어줄 수 있단 말인가?

"내 살을 먹고 내 피를 마셔라" 며
자기 몸을 나누어줄 수 있단 말인가?

이 놀라운 사실에 사람들은 다만
사람의 살을 어떻게 먹느냐는 의문밖에 가지지 못하였
다.[1]

지아비 문둥병을 고치려고
허벅지살 도려내어 먹였다는 이야기

아버지의 양식을 얻으려
바다에 던져진 심청이

몸을 바쳐 사랑을 주었다면
그 사랑으로 사는 목숨, 어찌 사랑이 양식 되지 않나?

빵을 주는 것만도 사랑인데

살을 내어주는 사랑이 있다면

물 한 잔이 아니라 피 한 잔을 주는 사람이 있다면
또 세세대대로 누구에게나 얼마든지 내어주는 피가 있다면

이 사랑을 사람이 어찌 다 알아들을 수 있으랴.
십자가에 달린 하느님을 누가 상상인들 하겠는가?

(1) 요한 6, 52 참조

그지없는 사랑의 시학

이 태 수 | 시인

ⅰ) 이문희 대주교님의 시는 '그지없는 사랑' 안에 자리 매김하고 있다. 높고 깊은 정신적 순례와 맑고 그윽한 시적 시선은 낮고 부드럽게 사람들 가까이, 그 중에서도 순진무구한 어린아이와 언제나 가서 안기고 싶은 어머니를 향해 각별하게 열린다. 사랑하는 아버지 생각에 이르기도 한다. 이 하염없는 길 나서기와 꿈꾸기의 중심에는 어김없이 연민과 사랑이 자리잡고 있으며, 궁극적으로는 하느님의 그지없는 사랑, 예수 그리스도의 거룩한 삶과 일치를 이루려는 순례의 여정들로 넘쳐난다.

고도의 사유와 정신적 높이에도 불구하고, 범상한 사람들이 어우러져 살고 있는 낮은 데로 내려서서 인간적인, 너무나 인간적인 목소리로 그리움과 외로움까지 속삭이듯 들려주면서도 자연스럽게 지극히 높은 사랑에 이르는 세계로 우리를 이끌어가는 부드러움의 힘 앞에 실로 경건하고 숙연해지지 않을 수 없다.

시인은 끊임없이 길을 나선다. 그 길 위에서 다다를 곳을 찾아 떠돈다. 이 바이없는 순례는 언뜻 보기에는 일상에 닿아 있는 것처럼 다가온다. 나그네가 어린이를 만나 그윽한 시선을 보내며, 어머니와 고향을 그리워하고 더듬어 찾아가는 모습 등이 두드러진다.

하지만 그 안쪽을 찬찬히 들여다보면 사정이 달라진다. 그런 외양 속에 가장 높고 깊은 정신적 세계를 지향하는 기도와 구도, 그 도정의 꿈들을 감싸 안으면서 원초적인 고향과 근원적인 본향에 이르고, 하느님 사랑과 온전히 하나 되려는 세계로 나아간다.

이 때문에 이 시집의 시편들은 누구나 가까이 다가갈 수 있는 쉽고 친숙한 문맥들을 거느리면서도 삶의 깊숙한 근원과 하느님과의 일치의 세계를 일깨우고, 그곳으로 이끌어가는 차원 높은 경지를 열어 보인다. 특히 「기도」와 「예수 그리스도」 시편들은 하느님의 사랑과 거기 이르는 길을 우리 가까이 낮은 자세로, 하지만 높고 깊게 끌어안아주면서 깨닫게 하는 시 이전, 시 이상의 세계를 떠올리고 있다는 점에서도 주목해야 할 것이다.

ii) 서시 「자화상」은 낮게 내려놓은 마음자리를 낮은 목소리로 들려준다. 시의 화자(시인)는 눈이 작은 데다 잘 감는다. 한쪽 어깨가 처졌고, 배가 나왔으며, 한쪽 다리를 약간 드는 버릇이 있다. 둥글고 큰 눈과 바른 어깨, 옷으로 가리지 않아도 될 배, 땅을 밟고 서기가 쑥스럽지 않은 다리에 대해 아쉬워한다.

그런가 하면, 학을 닮고 싶지는 않으며, '두 다리로 버티고 설 일이 없' 고, '땅을 안고 눕고 싶을 뿐' 이라고 한다. 그래서 살아갈수록 일그러지기 때문에 지금이라도 자화상을 그려놓아야 한다는 것이다.

이렇듯 자신을 극도로 낮추어 그리면서 길을 나선다. 게다가 이 겸허한 마음자리에다 굳이 자신도 '한 사람'임을 강조하고, 죽음조차 삶의 다른 모습으로 바라보면서 이승과 저승을 하나로 아우르는 세계관을 드러낸다.

자신을 한없이 낮춤으로써 높고 깊은 정신의 경지에 들어서게 되며, 그 길은 하느님 나라에 이르고 하나 되는 길임을 말하고 있는 것으로도 보이게 한다. 서시는 이같이 이 시집이 펼쳐 보일 길을 어느 정도 암시하고 있기도 하다.

iii) 첫 시집 『일기』의 해설에서 서림환 교수(부산대, 시인)는 "끊임없이 떠나고 또 떠나는 끝없는 삶의 정신적 편력이 그의 시의 흐름이고 전개"라고 풀이한 바 있다. 이번 시집 역시 상당 부분은 그 연장선상에 놓여 있는 것으로 읽힌다. 시의 도처에 떠나고 떠도는 모습이 그려져 있다. 심지어 '어디로 가는지 / 누구도 그 종말을 / 알지 못'(「바람소리」)하는 길이라고 하더라도 한결같이 그 길을 떠난다. '먼 곳으로 / 마음은 / 밀리'(같은 시)듯이 길 위에 서기도 한다.

또 아무도 없는 바다 앞에서는 '파도 소리에 / 문을 열고'(「파도가 닿는 곳에서」) 되돌릴 수 없는 어린 시절을 떠올리며 '그 멀리 / 모래밭에 성을 쌓던 / 아이는 사라'(같은 시)졌음을 안타까워하고 그리워한다. '바람에 / 땅까지 밀려가는 바닷가'(「바닷가에서 1」)에서 파도를 안고 싶어 한다.

그 마음은 달을 스친 구름이나 달빛을 따라 '한없이 멀리만 / 흘러가는 물여울'(「달빛」) 같기도 하지만, 그렇게 흐르다 보면 '찬란한 햇빛 / 고인 바다 // 너무도 충만하여 / 숨을 그치'(같은 시)고 싶기까지 하다는 건 무얼 말하는가. 찬란한 햇빛이 고인 바다는 긴 순례의 도달점이며, 새로운 순례의 출발점이 아닐는지…….

시 「구름」에서는 흘러가는 구름을 보면서 홀로 그렇게 떠돌아 가기만 하면 아무도 같이할 사람이 없을 것이라고 고독한 자신을 구름에 비유해 바라보는가 하면, 서쪽 바다의 서쪽 창가에 앉아 저녁해가 그 끝으로 내려가는 정경을 바라보면서는 붉은 황혼이 자신을 위로하는지 반문하면서 '마침내 유리창도, 세상도 / 칠흑으로 덮이고, 홀로 떨어져서 / 서쪽 창 너머 별이나 볼까'(「바닷가에서 4」)하는 외로움과 그리움에 젖다가도

> 칠흑 창밖에 보이는 것은 없고
> 객차 안에서 꿈은 고향으로 가는데
>
> 맑은 눈에 사랑이 흐르는 그 사람을 찾아가
> 오늘이라사 꼭 안고 하나가 되리
> — 「바닷가에서 4」 부분

라는 단호한 결의와 마주친다. 바깥이 온통 칠흑인 객차 안에서 고향 꿈을 꾸면서 맑은 눈에 사랑이 흐르는 사람과 꼭 안고 하나가 되려 한다는 것은 바로 하느님 사랑과의 일치 추구가 아니고 무엇이랴. 그래서 밤하늘을 나는 비행기 속의 여로에서는

하늘을 나는 비행기가 서로 반짝이며 인사를 하는데 사람과 사람

가슴 밑바닥에 반짝이는 빛은 없을까?

서로를 보고 함께 환히 웃을 수 있는 빛은 없을까?

땅 위의 은하수를 조금 더 지나가면 서로 만나 포옹하는 불빛은 없을까?

— 「여로 1」 부분

라는 역설적 회의에 젖게 된다. 따라서 사람들이 밤하늘의 비행기가 서로 깜빡여주듯이 서로 가슴 밑바닥에서 반짝이는 사랑 주고받기를 아쉬워하는 건 너무나 당연해 보인다.

iv) 시인은 길 위에서 만난 어린 생명들에게 각별한 사랑을 끼얹는다. 「새싹」에서 그리고 있듯이, 이른 봄의 새 생명(새싹)들은 한없이 귀엽고 입맞추고 싶어지게 하는가 하면, 처음으로 반해서 가슴 밑바닥까지 떨리게 된다. 더구나 어린아이를 향해서는 더욱 그렇다.

시 「귀로」에서는 늦가을 늦은 오후 멀리서 돌아오는 자동차 안에서 앞차에 탄 어린 남매가 자신을 바라보고 있어 손을 흔들자 마주 계속 손을 흔드는 장면을 묘사한다.

한동안 이렇게 함께 왔는데
그 차는 다른 길로 접어들어
나는 손을 더 빨리 흔들었다

계속 손을 흔들며 끝없이 주고받고 싶었다

그러나 앞차의 앞자리에 앉은 부모들은 자기 갈 길을 가면
서
뒤에 앉은 아이들과 그 뒤에 오는 나를 알지 못하였다
나는 잠시 마주친 그 아이들에게 진한 애정을 느끼며
헤어짐을 안고 만남을 찾는 인생을 가고 있는 것이다
—「귀로」 부분

하지만 계속 손을 흔들며 오다가 앞차가 다른 길로 접어
들 때의 아쉬움을 마치 어린아이와 같은 심경으로 그리고
있다. 잠시 마주친 낯선 어린아이들과의 손 흔들기는 그들
을 향한 진한 사랑의 표현임은 물론, 그 화답이 안겨주는 의
미 역시 그지없는 아름다움이다. 오죽하면 그 어린아이들
과의 헤어짐을 안고 다시 이 같은 만남을 찾는 인생을 가고
있다고 하겠는가. '보기 역겨운 인간들을 스치고 지나 / 눈
동자 맑은 아이를 그'(「산에서 2」)린다는 시구가 이를 어느
정도 받쳐준다.

시 「비앙카」에서도 평범한 농부 부부 사이에 태어난 비앙
카를 만나 형용하기 어려울 정도의 사랑을 느끼며 '완전한
사랑'을 확인한다. 두 부부 사이의 사랑에 어린 아기 비앙
카의 사랑이 어우러지는 것은 '하느님의 사랑이 사람들에
게서 / 완성되어 드러남'이라고까지 본다. 하느님의 사랑과
'나'의 사랑이 일치를 이루고 '나'와 '남들'의 사랑이 하나
되는 사랑이 완전한 사랑이며, 이 사랑의 모습을 비앙카와

그의 가족을 통해 확인하고 있다.

　시인은 어쩌면 자신의 분신이요, 삶의 근원이라고도 할 수 있는 어린아이를 향해 열리는 마음과 함께 어머니를 향한 마음 또한 각별하다. 밤비가 내릴 때 나뭇잎에 닿는 빗소리가 어머니 숨결을 연상할 정도로 어머니는 그리운 존재이며, 이국에서 어머니의 옛이야기가 불빛 타고 오는 것 같아 귀를 기울이게 되고, '젖 먹다가 목덜미 너머로 엄마 얼굴 바라보는 / 아기같이 / 성체불 앞에 앉'(「비 오는 밤」)아 '어머니 숨결 따라 잠들려는 / 아기의 평화를 / 가슴에 담'(같은 시)기에 이르게 된다.

　그런데 '전에는 앞산 밑 집에 계시던 어머니가 / 지금은 거기 계시지 않고 천당에 가셨'(「기도 1」)기 때문에 삭막하고 막막해질 수밖에 없어진다. 마음은 여전히 어머니를 찾아 먼 길을 돌아오지만 떠나버려 다시 '가야 할 곳을 찾는 인생'이 되고 있지 않은가. 이렇듯 어머니는 원초적인 고향이며, 자신의 본원을 되찾게 하는 삶의 근원이기도 하다. 그 어머니의 이미지는 또한

꽃잎을 모아
고운 살결 이룬
가슴

닿을 수 없는
손끝은
별

그 빛에

떠는

마음

바라보는

꿈속의

눈길

—「애인」 전문

에 연결되기도 한다. 여기서 우리는 성모님을 통한 어머니, 어머니를 통한 성모님의 모습과 그 이미지를 떠올려 볼 수 있다.

아버지는 어머니와 또 다른 모습으로 묘사된다. 「아버지 1」, 「아버지 2」에서 토로하고 있듯이, 세월이 흐르면서 자신의 모습은 물론 습관마저 아버지를 닮았고, 그 때문에 더욱 사랑하게 되는 대상으로 그려지고 있다.

ⅴ) 인간은 태어나면서 아늑하고 모성적인 '집'이라는 요람에 놓인다. 집은 육체와 정신, 세계에 대한 태도를 형성해 주는 결정적인 근거다. 문학평론가 오생근(서울대 교수)은 "집은 인간적 삶의 출발점이자 도착점이며, 세계이고 우주"라며, "우리의 상상 세계 혹은 정신적 삶에서 집은 모성적인 따뜻함이거나 안락한 은신처로 떠오르는 한편, 우리의 생각과 추억과 꿈을 통합하고, 변형되는 어떤 살아 있는 유기적

존재로 인식되기도 한다"고 했다. 성직자에게도 그 뉘앙스
는 크게 다르지 않은 것 같다.

　　나는 혼자 산다. 그러나 내가 사는 집에는 방이 많다. 그래서
빌려주었다. 한집에 사는 사람은 수녀들이다. 아침 일찍 수녀
원으로 가서 저녁 늦게 돌아와 잠만 잔다. 그래서 한집에 살아
도 함께 사는 사람들이 아니다.
　　서로 전할 말이 있어도 작은 흑판에 글을 써놓는다. 편지를
하는 것이다. 그러나 별개의 남이 같은 집에서 잠만 잔다는 생
각은 들지 않는다. 누구도 그런 생각은 하지 않을 것이다. 그것
이 이상한 일이다. 한집에 여러 가구가 세들어 사는 사람들이
그들도 나 모양 우리 모양으로 마음이 함께한다고 생각할까?
　　다시 모두 영영 수녀원으로 올라갔다. 다름없이 아침 일찍
올라갔다. 가면서 흑판에 같이 살아서 좋았고 감사하다는 말
을 적어두었다. 그 말을 읽고 그 자리에 대답을 쓰려고 하는
데…… 오늘은 멍하니 분필을 들고, 갔구나 떠나갔구나 하고
마음속으로 중얼거리기만 한다.
──「그리움 8-1」 전문

이 시는 어렵지 않게 행간의 메시지들까지 읽게 하기 때
문에 더 이상의 사족은 사족이 될 수밖에 없다.
　　다른 시 「그리움 8-2」도 같은 문맥으로 읽힌다. 사람은 누
구나 집에서 살며, 집을 떠나서도 또 다른 집에서 살 수밖에
없다. 하지만 '집에서 함께 살아도 혼자일 수 있고 / 같은
집에 살아도 남일 수가 있' 으며, '떨어져 살아도 하나일 수

있고 / 각각 홀로 살아도 함께일 수가 있다' 는 것이다. 문제
는 '방향이 같아야 이웃이 될 수 있고 / 언젠가 한집에 닿을
수 있다' 는 점이다.

이 시에서 우리는 '그러나 사람은 떠나갈 수 있고 떠나서
도 함께 살아서 / 늘 함께 사는 사람과 하나가 되고 있으니'
라는 대목에 주목해야 한다. 시인은 이같이 '하나 되는 삶'
을 그리워하고, 그런 삶을 살아가려 하며, 실제 살아가고 있
다.

그러나 집을 나서면서는 언제나 방을 예약하지만 '아무
도 없는 데는 가기가 싫다 / 그런데도 누가 있는지도 모르는
/ 그곳으로 나는 가고 있지 않으냐' (「그리움 8-3」)는 불안에
서 완전히 자유롭지는 못한 것 같다. 하지만 다분히 역설적
표현으로 받아들여지게 한다. 어디를 가나 하나가 되는 사
랑 안에서 함께할 사람들이 있어야 하고, 그런 세상이 돼야
한다는 뜻으로 읽히기 때문이다.

고향은 그 뉘앙스가 다소 다르다. 어쩌면 고향은 집과는
다르게 언제까지나 변하지 않고 살아 있으며, 모성적 따뜻
함도 그렇다는 점에서 더욱 그리운 대상일 수 있으며, 돌아
가 안기고 싶은 영원한 정신의 본향이지 않은가. 더구나 고
향과 멀리 떨어져 있을수록 그리움의 빛깔은 더욱 짙어지게
마련이다.

시인은 일찍이 먼 이국에서 향수에 젖어 산등성이를 덮은
눈 위에 내리는 달빛을 따라 '사슴같이 / 서성대며 / 한밤에
/ 고향 길을 걷는' (「L' Alps d' Huez-알프스의 스키장 마을」)
가 하면, '고향 땅 오막살이 삽작 앞에 선 / 그 들짐승 한 마

리를 / 불러보고 싶' (같은 시)은 심경을 감추지 않았다. 「첫
사랑」에서도 그 고향에는 손짓하는 '둥근 눈동자의 / 어린
애인' 이 있고, '따라갈 수 없는데도 / 기쁜 마음' 이 꿈속에
서보다도 선명한 데다 그 사랑을 '참으로 신령한 거울이 /
전하고 있' 는 것으로 느꼈다.

인간적인, 너무나 인간적인 이 그리움의 정서는 한없이
헤매면서도 '하마터면 부를 뻔한 / 네 이름 / 그냥 머금'
(「그리움 7」)게 하고, '다시 부르지도 못하는 / 시간들을 돌
려보내고서도 / 또 하마터면 부를 뻔' (같은 시)하게 하는 애
틋함을 끌어안고 있다.

어릴 때 걷던 꼬불꼬불한 논두렁길이 바로 회귀해 걸어보
고 싶은 길이며, '다시 꼬불꼬불 / 논두렁길 걸을 때를 기
다' (「회귀」)리는 것이 시인의 마음이다. 그 고향은 '울기만
하던 갓난아기가 / 웃으며 재롱을 부리다가 / 어느덧 제 살
길을 찾아 떠났다 / 돌아온' (「허상虛像과 실상實像」) 뒤에도
다르지 않으며, 백발노인이 되어 산을 쳐다보며 그 조상을
찾게 되는 회귀처로 자리매김한다.

vi) 시 「햇빛」에서는 어린 시절 눈 덮인 산의 나뭇가지 사
이로 뻗어오는 햇빛을 가끔 보던 기억을 떠올리면서 소성당
에서 한낮에, 더구나 나이 먹고는 한 번도 하늘의 해를 볼
엄두도 못 내었는데, 해를 보았다는 사실에 감탄해마지 않
는다. '멀리 산 너머 앉은 내 모습을 / 달은 보지도 아니 하
고 // 별들만 깜빡입니다 / 그것도 저 하늘 끝에서' (「산에서
2」)라는 시구와 겹쳐서 떠올려볼 필요가 있으리라고 본다.

추석날 아침 시인의 발길은 공동묘지에 이르러 '얼마 후에는 나도 떠날 거지만 / 오늘은 들국화를 꺾고 / 저녁에는 보름달을 볼 것'(「추석날 아침」)이라는 넉넉한 여유, 다시 말해 삶과 죽음을 뛰어넘어 하나로 아우르는 관조의 경지를 내비친다.

이 경지에서 삶을 내어놓고 마무리하는 단풍이 붉게 물든 산천을 돌아보며 '가슴의 빨간 심장'(「설악산 가는 길에」)과 낙조에 빛나는 서녘 산, '어둠살이 끼인 저녁이라도 / 활짝 웃는 빨간 얼굴'(「단풍 2」)을 자신의 심상에 비추어 조명하면서도 '이날에서야 어릴 때 빨간 손을 / 입김으로 녹이고 / 있는지도 모른다'(「초겨울」)는 그늘에 들기도 하고

제대의 꽃에
나는 안경을 벗고
이승과 저승을
말없이 오가고 있습니다

— 「꽃꽂이」 부분

라는 관조의 세계로 발길을 옮기기도 한다.

일련의 「기도」 시편은 이런 마음자리 위에서 '작은 성당 / 제대에 둘러앉아 / 빵과 포도주가 / 그리스도의 살과 피가 되어 / 하느님이 우리에게 오시기를' 빌지만, '오시는 하느님을 모시기보다 / 생각은 세상을 돌아다니기 바쁘다'(「하느님 오소서」)거나 닭이 울 새벽을 향해 '나 대신 울어서 / 부끄러운 한을 풀고 / 그대 품에 초라한 나를 보려무나'(「새

벽 3」)라고 자성(고백)하는 데서 출발한다.

'자리를 마련해준다' 는 하느님 따라 나서면서 '어머니를 만날 것 같은 예감이 / 성취되는 기쁨' (「성토요일 오후」)과 자신을 모두 바치고 없어지며 '그이 안에 일치됨을 확인하' 면서도 '고요한 성체불에 무릎을 꿇고 / 움직이지 않으면서도 가고 오는 그 먼 길 끝 / 또 다른 젊음의 희열에 닿' (「성체조배-내 청춘을 즐겁게 하는…」)기도 한다. 너무나 인간적이므로 진한 감동으로 다가오는 모습이 다음의 시에서는 더욱 뚜렷하게 나타나 있다.

전에는 앞산 밑 집에 계시던 어머니가
지금은 거기 계시지 않고 천당에 가셨다

어머니가 계시는 곳에 어머니의 어머니가 계시고
어머니의 어머니들, 그래서 모든 이의 어머니를 만나고

하늘에 계신 우리의 아버지도 만나서
평화롭고 정답게 살고 계실 것이다

어머니와 아버지를 생각하는 것처럼 하늘에 계신
우리 아버지를 생각하고

사랑하는 아버지의 음성을 듣고 싶어 나직이 가슴 밑바닥으
로
아버지를 불러보는 것이 아들의 마음이다

어머니와 어머니의 어머니, 나아가 모든 어머니들과 아버지가 하느님과 함께 천당에서 평화롭고 정답게 살고 있을 것이라는 믿음, 그것도 그렇게 살아가고 있을 부모를 생각하는 것처럼 하느님을 생각하고, 아버지의 음성을 듣고 싶어 나직이 가슴 밑바닥으로 불러보는 아들로서의 기구, 이런 모습이야말로 너무나 인간적이므로 되레 인간의 차원을 훨씬 뛰어넘고 있다고 봐야 할 것이다. 하느님도 인간을 사랑하기 때문에 인간으로 태어나지 않았던가. 여기서 우리는 이문희 대주교님의 글 한 부분을 인용하고 넘어갈 필요가 있을 것 같다.

"예수님이 사랑하는 사람을 불러 모았으면 그 사랑하는 사람들과 함께 있을 것이다. 사랑하는 사람과 함께 사랑하고 살았다면 사랑으로 뭉쳐진 무리 가운데 있을 것이다. 그들이 사랑하는 사람이라면 나를 사랑으로 대할 것이고 나는 행복을 느낄 것이다. 그런 종말에 다다라야 하는데 그런 종말은 처음부터 사랑하고 자기를 바치는 생활에서 올 것이고. 그 바침은 사랑의 결과인 것이다."(『저녁노을에 햇빛이』 155, 156쪽)

사랑으로 모든 걸 바치고 있다면 그럴 것이다. '사랑은 영원한 것 / 사랑하는 사람은 영원히 살아야 할 사람 / 그것을 위해서라면 없어져도 좋지 않은가, 사랑한다면'(「사랑하는 사람에게」)

vii) 이 시집의 제6부 '예수 그리스도' 는 시로 쓴 강론 성격을 띠고 있다. 오랜 세월 하느님의 삶과 일치를 이루는 길을 걸으며 사람들에게 하느님과 함께 살아야 한다고 가르쳐온 사제(대주교)의 깊은 목소리들을 집약해 들려주고 있다.

「예수」 연작은 예수의 거룩한 생애를 쉬우면서도 호소력이 강한 특유의 어법으로 일깨우고 있다. 「예수 1」에서는 예수의 탄생으로 새 생명을 살기 시작한 인간의 '삶을 참으로 살기 위해서는 / 사랑이 있어야 하고 / 사랑이 마르지 않기 위해서는 / 큰 사랑이 부어져야 한다' 고 하느님의 사랑을 일깨우며, '그래서 영원한 생명이신 하느님이 / 〈멸망의 운명〉 안에 들어오신 것' 이라고 들려준다. 「예수 2」에서는 비천하게 태어난 예수가 '자신을 세상 사람들에게 넘기고 / 그의 몸과 한 몸이 되는 사람을 / 아버지 안에 함께 살게 하기 위하여 / 그의 몸을 나누어준 아들 중의 아들' 이라고 강조하고, 「예수 3」에서는

자신을 제물로
온전히 바치심은
자신을 온전히 바칠 수 없는 사람을 대신하여
앞장서 바치신 것이다.

라고 밝히고 있다. 그래서 '그를 따라 죽고 부활하는 삶을 살도록 / 새로 나게 하' 셨음을 일깨운다. 「예수 4」는 최후의 만찬과 제자의 배신으로 죽음에 이르게 되며 '영생의 밥' 이 되고 '죽음에서 부활하여 세상 모든 사람에게 / 날마다 밥

상을 차려 그의 몸을 내어준다' 는 사실을 환기시킨다.

「내 살을 먹어라」는 예수님의 살과 피(그)를 받아먹고 그와 함께 산다는 것은 '내 몸을 남에게 내어주는 것' 이라고 역설하고 있으며, 「성체(그리스도의 몸)」를 통해서는 성령의 힘으로 자기 몸을 마치 빵처럼 떼어내 사람들에게 나누어 주며 구원의 성사를 세운 예수 그리스도의 놀라운 사랑에 대한 일깨움을 안겨준다.

> 빵을 주는 것만도 사랑인데
> 살을 내어주는 사랑이 있다면
>
> 물 한 잔이 아니라 피 한 잔을 주는 사람이 있다면
> 또 세세대대로 누구에게나 얼마든지 내어주는 피가 있다면
>
> 이 사랑을 사람이 어찌 다 알아들을 수 있으랴.
> 십자가에 달린 하느님을 누가 상상인들 하겠는가?
> — 「성체(그리스도의 몸)」

한편 '천당' 에 대한 시편들은 어떠한가. 말 한 마디 해볼 사람이 없는 사람이 외로움에 시달리는 또 한 사람을 만나 온갖 이야기를 나눌 수 있어 서로(아무도) 외롭지 않게 되는 곳(「천당 2」)이며, 기다리고 반기며 고마워할 사람이 있고, 모두가 하나같이 사랑해주는 곳(「천당 4」)이라고 시의 화자는 말하고 있다. 그야말로 극단적인 마음 낮추기이며, 겸허한 천당 이르기가 아닐 수 없다.

그러나 다른 사람들에게 눈을 돌리면, 아주 다른 모습을 띤다. 「천당 3」에서는 그곳이 '환한 / 웃음 짓는 얼굴들이 모여 있는 곳'이며, '한 사람 한 사람이 진심으로 / 서로 사랑하는 순간들밖에 없는 영원에 잠' 겨 기쁨에 차고 웃음들이 빛나서 환한 밝음만 있는 곳으로 묘사되고 있다. 그러나 이 시에서도 화자는 여전히 겸허하기 이를 데 없는 자세다. 웃음이 될 수 있는 것이 없지만 좋아해줄 사람들이 웃음 지을 것이므로 웃을 것이고, 사랑한 사람에게 환한 웃음이 되겠다는 것이 아닌가.

이어 '원죄'에 대해서는 카인과 아벨, 아담과 하와, 하와와 뱀을 상기시키면서 오늘날의 세태에 대해 다음과 같이 꼬집고 있다.

남이 있고, 남에게 돌리는 한
나는 편해지고, 그래서 사람들은 지금도 그렇게 하는데
그러나 모든 남들의 책임이 내게 오는 것을
바로 알지 못하는 우둔함이 우리 모두에게 있으니……
―「원죄」 부분

또한 나치의 가스실과 체르노빌의 핵 오염 문제 등을 떠올리면서는 하느님이 진흙으로 사람을 만들어 코에 입김 불어넣으셔서 숨쉬게 했는데 그런 입김을 어디서 또 얻을 수 있을지 우려하면서 '다시는 숨막히지 않는 입김을 마음껏 숨쉬도록 / 갖다 줄 이가 나타나지 않을 것인가? (「구세주 1」)라고 언급하고 있다.

이들 시에서 우리는 다시 「천당」 연작들을 반추해볼 필요가 있다. 시인은 책임을 남에게 떠넘기려는 세태와 달리 극단적으로 마음을 낮추고 모든 걸 자신의 책임으로 느끼고 있으며, 인간을 향해 준열한 자성을 촉구한다.

viii) 지난 2008년 겨울에 발간된 이문희 대주교님의 자서전적 인생론 『저녁노을에 햇빛이』를 읽고 또 읽었다. 이 깊은 감동을 오래오래 간직하고 싶다. 이 저서의 마지막 부분 "삶이 신앙을 근거로 하여 전개되어야 하고, 그렇다면 예수 그리스도를 따라 살아야 하고, 그리스도의 계명대로 사랑하고 살아야 하는 것이다. 우리 생활 전반에 복음의 분위기가 있어야 하는 것이다. 이를 위한 일을 조금이라도 내가 할 수 있으면 얼마나 좋겠는가?"라는 겸허한 말씀이 메아리처럼 울려와 자꾸만 부끄럽게 만든다.

시를 은밀하게 살아오시기도 한 대주교님의 이번 시집의 작품들을 읽으면서도 마찬가지 심정이었다. 자작 시편들이 바로 대주교님의 삶으로 다가오기 때문에 감히 이 모자라는 글을 쓰면서 오히려 누를 끼쳐드리는 게 아닐까 하는 두려움을 씻을 수 없었음을 고백하지 않을 수 없다. 오래오래, 높이, 깊이 빛나시기를 삼가 기도드린다.

이문희李文熙 대주교

1935년 대구에서 출생, 경북고와 경북대 정치학과를 거쳐
프랑스 리옹신학대학 철학과와 파리가톨릭대 신학부를 졸업했다.
1965년 사제 서품, 1972년 주교 서품, 1986년에는
대주교(천주교대구대교구 교구장, 2007년 은퇴)가 되었으며,
한국천주교주교회의 의장, 선목학원 이사장 등을 역임했다.
1990년 시집 『일기』를 냈으며, 그외 『한 묶음인 세 개의 장미화관』,
『밝은 날이 다가온다고 누가 알려 줍니까』, 『하느님의 사람들』,
『사랑으로 부르는 평화의 노래』, 『형제 여러분』,
『저녁노을에 햇빛이』 등의 저서와 다수의 번역서를 낸 바 있다.

아득한 여로
이문희 시집

초판 1쇄 발행일   2009년 6월 10일
3쇄 발행일   2009년 7월 20일

지은이 · 이문희
펴낸이 · 김종해
펴낸곳 · 문학세계사

주소 · 서울시 마포구 신수동 345-5(121-110)
대표전화 · 702-1800   팩시밀리 · 702-0084
이메일 · mail@msp21.co.kr
홈페이지 · www.msp21.co.kr
출판등록 · 제21-108호(1979.5.16)

값 10,000원
ISBN 978-89-7075-460-4   03810
ⓒ 이문희, 2009